ヤマネコとウミネコ

野中柊 作
姫野はやみ 絵

理論社

1

ヤマネコの家族《かぞく》は山に住《す》んでいます。

なんたって、ヤマネコですから！

ヤマネコのおとうさんもおかあさんも、子どもたちも、山の暮《く》らしが気に入っていました。たとえば、変《か》わりやすい天気とか、急《きゅう》な坂《さか》が続《つづ》く細《ほそ》い道《みち》とか、つめたく透《す》きとおった小川とか。

でも、ある日、ヤマネコのおとうさんが、

「おい。おまえたち、海《うみ》を見たくないか」と言《い》ったのです。

「海《うみ》って、なあに？」上の男の子、ヤンが首《くび》をかしげました。

「見れば、わかるさ」

「どこにあるの？」ヤンの妹《いもうと》、ネネがたずねました。

「山を下りて、川の水が流《なが》れていく方向《ほうこう》へ、どこまでも歩《ある》いていったら、そこに海《うみ》があるんだよ」

おとうさんは、まだほんの子どもだったころ、たった一度《いちど》だけ海《うみ》を見たことがあるのでした。

「山と海《うみ》は、ぜんぜん違《ちが》う。山もいいが、海《うみ》もいい。おまえたち、見ておいたほうがいい。海《うみ》にはウミネコもいる」

「ウミネコ？　あら。海《うみ》にもネコがいるの？」おかあさんは海《うみ》に行《い》ったことがありません。ウミネコのことも初耳《はつみみ》でした。

「ああ。海《うみ》にはウミネコがいる。だが、山と海《うみ》が違《ちが》うように、ヤマネコとウミネコもまったく違《ちが》うんだよ。自分《じぶん》の目で見なくちゃわからないことなんだがね」

腕《うで》を組《く》み、ヒゲをぴんと立て、ちょっと偉《えら》そうにして、おとうさんは言《い》いました。そして、好奇心《こうきしん》いっぱいの顔《かお》つきになった子どもたちをうながして、さっそく旅《たび》の仕度《したく》をしました。

2

「行《い》ってらっしゃい。気をつけてね」

あくる日、おかあさんは、おとうさんと子どもたちに手を振《ふ》りました。末《すえ》っ子《こ》の赤ちゃん、ココを抱《だ》っこして。

「帰《かえ》ってきたら、おみやげ話《ばなし》をたくさん聞《き》かせてちょうだい」

おかあさんはまだちっちゃな赤ちゃんを連《つ》れて旅《たび》に出る気持《きも》ちにはなれなくて、お留守番《るすばん》をすることに決《き》めたのでした。

「行《い》ってきます。海《うみ》を見たら、寄《よ》り道《みち》しないで、すぐに帰《かえ》るよ」

おとうさんと、ふたりの子どもたちは、弾《はず》むような足取《あしど》りで山を下っていきました。三日のあいだ、歩《ある》き続《つづ》けて、山のふもとへたどりつき、それから、川に沿《そ》ってさらに進《すす》むと、松林《まつばやし》がありました。風《かぜ》が運《はこ》んでくる匂《にお》いが、子どもたちにとっては生まれて初《はじ》めての、なにやら奇妙《きみょう》なものに思《おも》われました。

みんな、きまじめな表情《ひょうじょう》で、鼻《はな》をぴくつかせました。

「これは潮《しお》の匂《にお》いだ。海《うみ》が近《ちか》いってことだよ」おとうさんが言《い》いました。

松林《まつばやし》を歩《ある》いている最中《さいちゅう》には、行《ゆ》く手《て》にちらちらと青が見えました。その青はきらきら輝《かがや》いていました。

「あれだぞ、あれだ」おとうさんのつぶやきに、子どもたちはわくわくしながら、うなずきました。

そして、松林《まつばやし》を抜《ぬ》けると、白い砂浜《すなはま》が広《ひろ》がっていて、ヤマネコたちは思《おも》わず駆《か》けだしました。砂《すな》に足を取《と》られ、いくたびも転《ころ》びそうになりつつも、嬉《うれ》しくて、両手《りょうて》を挙《あ》げて。

「おとうさん、すごいや。海《うみ》って大きいんだね。おまけに真《ま》っ青《さお》だ。こんなに青いって、どういうこと？」とヤン。

「海《うみ》は空の色《いろ》を映《うつ》し出《だ》すんだ。今日《きょう》は晴《は》れているから、青いのさ。曇《くも》りや雨の日には、海《うみ》も鉛色《なまりいろ》になるんだよ」

「真似《まね》っこするほど、仲良《なかよ》しってこと？　ねえ。どうして、水が高《たか》くなったり低《ひく》くなったりするの？　こっちに向《む》かって、どんどん近《ちか》づいてくる。なんて大きな音」とネネ。

「あれは波《なみ》っていうんだ。大きい波《なみ》もあれば、小さい波《なみ》もある。

はるか遠《とお》くから、この岸辺《きしべ》に向《む》かってきたんだよ。うむ、まったくお腹《なか》の底《そこ》に響《ひび》く音じゃないか」

足元《あしもと》で波《なみ》がくだけて、白い泡《あわ》がしゅうっと消《き》えます。濡《ぬ》れた砂《すな》はひんやりとして心地《ここち》よく、ときおり大きな波《なみ》が来《く》ると、ヤマネコたちはさらわれないように大慌《おおあわ》てで逃《に》げました。

「おとうさん！」ヤンが遠《とお》くを指《ゆび》さして、声《こえ》を上げました。

「ねえ、見た？　いま、飛《と》んだのは、なに？」

「トビウオだ。魚《さかな》だよ。羽《はね》があるから、飛《と》べるんだ」

「羽《はね》があるのは、鳥《とり》だと思《おも》ってたけど、魚《さかな》なの？」とネネ。

「羽《はね》があるのは、鳥《とり》だけじゃない。海《うみ》には、羽《はね》がある魚《さかな》だっているんだよ。なんたって、ほら、空と海《うみ》は仲良《なかよ》しだから」

子どもたちの質問《しつもん》に答《こた》えながら、おとうさんは胸《むね》を張《は》って、気《き》持《も》ちよさそうに深呼吸《しんこきゅう》しました。子どもたちも真似《まね》をして、顔《かお》を空に向《む》け、息《いき》を吸《す》いこみました。

と、そこへ、なにか飛《と》んできました。

空の高《たか》いところから、ひゅうっと降《お》りてきて、ヤマネコたちの頭《あたま》をかすめて、すばやく飛《と》び去《さ》っていきました。

やや、なんでしょう？　みんなはおどろいて、とっさに両手《りょうて》で頭《あたま》をかかえ、しゃがみこみ、数《すう》メートル先の砂浜《すなはま》に着地《ちゃくち》したものに、おそるおそる目をやりました。

ヤンは声《こえ》をひそめて、たずねました。

「おとうさん、あれも魚《さかな》なの？」

「いや、魚《さかな》じゃない。おまえ、あれがウミネコだ！」

「へえ！　羽《はね》があるのは鳥《とり》だけじゃなくて、羽《はね》があるネコもいるってこと？」とネネ。

「ああ、そのとおりだ。空と仲良《なかよ》しの海《うみ》だからね、ネコにだって羽《はね》があって当《あ》たり前《まえ》というものさ」

子どもたちは、おとうさんの答《こたえ》にうなずきつつも、ウミネコはどう見てもネコというよりは鳥《とり》だ、鳥《とり》にしか見えない、と思《おも》っていました。

ヤマネコたちとウミネコは、しばらく黙《だま》って、互《たが》いをじっと観《かん》察《さつ》し合《あ》いました。いまにもウミネコは飛《と》んできて、今度《こんど》はヤマネコたちの頭《あたま》をかすめるだけでなく、耳や頬《ほお》を突《つ》いてもおかしくないようすです——あの鋭《するど》いくちばしで。

「ネコのくせに、くちばし」ただもうこわくて、ヤンがちいさく

声《こえ》をもらすと、

「しいっ」おとうさんがヤンの口を手でおさえました。

おとうさんもこわがっているの？　まさか！　子どもたちが
ぶるっとヒゲをふるわせると、ウミネコがゆっくりとくちばしを
上下に動《うご》かしました。まるで、なにかの合図《あいず》のように。

ヤマネコたちは、からだをこわばらせました。

なんだろう、どういうつもりだろう、と思《おも》って。

すると、もう一度《いちど》、くちばしを上下に揺《ゆ》すったあとで、

「やあ！」甲高《かんだか》い声《こえ》で、ウミネコが叫《さけ》びました。

きりり、と空を切《き》りさくような声《こえ》でした。

ヤマネコたちは目をまるくして、後《うし》ろにぴょんと飛《と》び退《すさ》りました。おとうさんの尻尾《しっぽ》の毛《け》が逆立《さかだ》って、いつもの二倍《ばい》の大きさにた。

なりました。子どもたちの尻尾《しっぽ》にいたっては、なんと三倍《ばい》の大きさになっていました。

でも、おとうさんは逃《に》げ出《だ》すことはしませんでした。ふんっ。鼻《はな》から息《いき》を吐《は》き、すくっと立ち上がり、一歩前《いっぽまえ》に踏《ふ》み出《だ》して、「ええい、こんにちは！」と大きな声《こえ》で言《い》いました。

それから、勇気《ゆうき》を奮《ふる》って、さらにもう一歩《いっぽ》。

「こんにちは、ウミネコ！」もっと大きな声《こえ》で言《い》いました。

ウミネコは目を細《ほそ》め、羽《はね》をばさばさっと広《ひろ》げると、「やあ、ヤマネコ！」と返事《へんじ》をしました。

数分後《すうふんご》、ヤマネコたちとウミネコは、すぐ間近《まぢか》に立っていました。ヤマネコたちがじわじわと歩《あゆ》み寄《よ》ったのです。

どうやらウミネコは乱暴《らんぼう》する気はないようです。

「ぼくたちがヤマネコだってことを、きみは知《し》っているんだね？」

おとうさんがたずねると、

「ああ。山へ行《い》ったことがあるからね」とウミネコは答《こた》えました。

「ぼくがまだ子どものころ、おとうさんが連《つ》れていってくれたんだ。とにかく一度《いちど》、山を見ておけ、すごいからって」

「そりゃあいい。ぼくも、昔《むかし》、おとうさんと一緒《いっしょ》に海《うみ》に来《き》たことがあったんだよ。そのときの楽《たの》しさが忘《わす》れられなくてね」

すると、ウミネコはふいに瞳《ひとみ》の表情《ひょうじょう》をやわらげて、

「泳《およ》いだかい？」

「もちろんさ。魚《さかな》を獲《と》ったよ」

「じゃあ、この子たちにも泳《およ》ぎを教《おし》えてあげなくちゃ。いい場所《ばしょ》を知《し》っているよ。こっちだ、おいで」

ウミネコの案内《あんない》で、ヤマネコたちは岩場《いわば》へ行《い》きました。

「ここなら波《なみ》にさらわれることもない。思《おも》う存分《ぞんぶん》、遊《あそ》べるよ」

「いやあ、ご親切《しんせつ》にありがとう」

ヤマネコの子どもたちも、おとうさんのあとから口々《くちぐち》にお礼《れい》を言《い》って、さっそく海《うみ》に入っていきました。

ゆっくりと浅瀬《あさせ》を歩《ある》いていき、だんだん深《ふか》みへと進《すす》み、お腹《なか》や胸《むね》にひたひたと寄《よ》せる波《なみ》を感《かん》じました。

水はつめたく透《す》きとおっていて、なんと、しょっぱい！

赤や青の、しなやかな魚《さかな》が群《む》れをなして泳《およ》いでいます。ピンク色《いろ》の木のようなものも生えています。珊瑚礁《さんごしょう》というのだと、ウミネコから聞《き》かされました。

岩《いわ》には、星《ほし》のかたちをした生きものも張《は》りついていました。

「ヒトデだよ」と、これまたウミネコが教《おし》えてくれました。

さまざまな種類《しゅるい》の貝も目にしました。渦《うず》を巻《ま》いた殻《から》に覆《おお》われたもの、桜色《さくらいろ》のちいさなもの、虹色《にじいろ》の扇《おうぎ》みたいなもの。

目に飛《と》びこんでくるすべてがめずらしく、ヤマネコの子どもたちは、びっくりしてしまいました。

「わあっ」と子どもたちが声《こえ》を上げるたびに、

「にあっ。なあっ」とウミネコも笑《わら》います。

3

「よーし。泳《およ》ぐぞ」

ヤマネコのおとうさんが、はりきった調子《ちょうし》で言《い》いました。

子どもたちは山の小川で水遊《みずあそ》びをしたことはありますが、ちゃ

ん と泳《およ》ぐのは初《はじ》めてです。

「だいじょうぶ。むずかしいことじゃない。こうするんだよ」

おとうさんは大きく息《いき》を吸《す》いこむと、鼻《はな》をつまんで水に顔《かお》をつけ、からだを浮《う》かせました。続《つづ》いて、手足をばたばた動《うご》かしました。尻尾《しっぽ》もプロペラみたいに回《まわ》しています。

盛大《せいだい》に水飛沫《みずしぶき》を上げながら、ほんのすこしずつ前《まえ》へ進《すす》んでいきます――いいえ、ほんとうのことを言《い》えば、ときどき、どういうわけか、後《うし》ろへ戻《もど》ってしまうこともありました。

思《おも》わず、子どもたちが眉《まゆ》を寄《よ》せると、

「きみたちのおとうさん、精《せい》いっぱい、がんばってるよ。それって、すてきなことだよ」とウミネコが言《い》いました。

だから、おとうさんが手を振《ふ》って、

「ほら、おまえたちも泳《およ》いでごらん」と言《い》ったときには、ヤンは思《おも》いきって水に顔《かお》をつけ、一生懸命《いっしょうけんめい》、手足を動《うご》かしました。

たちまち鼻《はな》や耳に水が入って、

「うわあ、どうなっちゃってんの？」

おとうさんの真似《まね》をすればするほど、おやまあ、なぜ？　息《いき》が苦《くる》しくなるのです。慌《あわ》てて水から顔《かお》を上げると、今度《こんど》はからだが沈《しず》んでいきます。

「たいへん。おにいちゃん、おぼれてる」とネネ。
おとうさんが助《たす》けようとして近《ちか》づく前《まえ》に、すばやくウミネコが飛《と》び立《た》って、ヤンのそばで羽《は》ばたいて、
「からだから力を抜《ぬ》いて。軽《かる》くなれ！　空を飛《と》んでいるみたいな気持《きも》ちになればいいんだよ」
「軽《かる》くなれ？」沈《しず》んだり浮《う》いたり、あっぷあっぷしつつも、ヤンはウミネコの言葉《ことば》を繰《く》り返《かえ》しました。

「そうだ、軽《かる》くなれ！」おとうさんも言《い》いました。

ネネも、一緒《いっしょ》になって声《こえ》を上げました。

「軽《かる》くなあれ。軽《かる》くなれえ」

まるで、魔法《まほう》の呪文《じゅもん》のように――すると、ほんとうに、ヤンのからだが浮《う》き上《あ》がりました。どうやら、じたばた手足を動《うご》かすことをやめたのがよかったようです。

「すいっ、すいっ」ウミネコは、今度《こんど》は、そう言《い》いました。

「すいっ？　すいっ？」よくわからないままに、ヤンは腕《うで》を前《まえ》へ伸《の》ばしました。そして、水をからだに引《ひ》きつけるようにして手を動《うご》かしてみたら、気持《きも》ちよく前《まえ》へ進《すす》んでいきます。

「あたしも、やってみる」

ネネも、ヤンのようにして浮《う》き上《あ》がりました。

からだの下を魚《さかな》たちが泳《およ》いでいきます。水が澄《す》みきっているので、海《うみ》の底《そこ》に自分《じぶん》たちの影《かげ》が映《うつ》っているのが見えます。

水から、ぷはあっと顔《かお》を出して、

「ほんとうに、なんだか空を飛《と》んでいるような感《かん》じだった。羽《はね》もないのに、鳥《とり》になったみたいだなあ」とヤン。

「空と仲良《なかよ》しの海《うみ》だから。ね、おとうさん？」ネネがこまっしゃくれた調子《ちょうし》で言《い》うと、

「うん。そのとおりだ」おとうさんは顔《かお》を仰向《あおむ》けました。

真《ま》っ青《さお》な空が広《ひろ》がっています。そこにはウミネコがいて、ヤマネコたちの頭上《ずじょう》で円を描《えが》くようにして飛《と》びながら、

「にあっ。なあっ」と笑《わら》っていました。

4

夕暮《ゆうぐ》れ時《どき》——空も海《うみ》もオレンジ色《いろ》に染《そ》まって、波《なみ》が光《ひか》っています。ゆっくりと太陽《たいよう》は水平線《すいへいせん》に向《む》かって動《うご》き、最後《さいご》には、すとん。いきなり、海《うみ》の中へと落《お》ちていったようでした。

砂浜《すなはま》に並《なら》んで腰《こし》をおろして、

「じゅーっ」ネネが言《い》いました。

「なに、それ？」ヤンがたずねました。

「お陽《ひ》さまって熱《あつ》いでしょ？　火の玉みたいなものでしょ？　だから、水に入ったら、じゅーっていうんじゃない？」

「ああ。でも、湯気《ゆげ》は上がらなかったな」

「遠《とお》いから見えなかったんだよ」

妹《いもうと》の言葉《ことば》に、兄《あに》は、なるほど、とうなずきました。

子どもたちの背後《はいご》では、おとうさんが焚火《たきび》をおこして、夕ごはんを作《つく》っています。

じゅーっ。その音に子どもたちが振《ふ》り向《む》くと、火にかけたフライパンの上でバターが溶《と》けて、その熱々《あつあつ》のところに、おとうさんが魚《さかな》をのせたところでした。こうばしい、いい匂《にお》いがします。

「ぐーーっ」ネネが言《い》いました。

「ほんと、お腹空《なかす》いたよね」とヤン。

おとうさんが魚《さかな》を料理《りょうり》するかたわらで、ウミネコが貝を焼《や》いています。それもまた、いい匂《にお》いがします。

「さあ、できたよ」おとうさんに呼《よ》ばれて、子どもたちは大喜《おおよろこ》びで焚火《たきび》をかこんで、海《うみ》のごちそうを口にしました。

ぷっくりと太《ふと》った、白身《しろみ》の魚《さかな》。渦《うず》を巻《ま》いた貝。そのほかにも、大きな蟹《かに》や緑色《みどりいろ》の海藻《かいそう》。子どもたちにとっては、初《はじ》めて食《た》べるものばかりでしたが、どれもこれも美味《おい》しいのです。

「海《うみ》には、なんでもあるんだなあ」とヤンが言《い》うと、

「おにいちゃんは、ヤマネコをやめて、ウミネコになってもいいって思《おも》うくらい、海《うみ》が気に入ったんだよ、ね？」ネネがヒゲをぴぴっと揺《ゆ》らして、くくっと笑《わら》いました。

ウミネコは、嬉《うれ》しそうな表情《ひょうじょう》を浮《う》かべて言《い》いました。

「にあっ。なあっ。山にも、なんでもあるじゃないか」

「うむ。そのとおり。海《うみ》にはないものが、だ」

ヤマネコの誇《ほこ》りを持《も》って、おとうさんも言《い》いました。

そして、お腹《なか》が満《み》ちると、みんなで夜空《よぞら》を見上げました。まだ昼間《ひるま》の温《ぬく》もりの残《のこ》る砂浜《すなはま》に仰向《あおむ》けに寝転《ねころ》がって。

夜空《よぞら》には、ちっちゃな色硝子《いろがらす》を散《ち》らしたような星々《ほしぼし》。

まあるい月も、やわらかな光《ひかり》を投《な》げかけています。

「お月さま、まるでタンポポのゼリーみたい。ふるるん、るん。風《かぜ》に揺《ゆ》れるよ、るるるん、るん」ネネが歌《うた》うように言《い》うと、

「おかあさん、どうしてるかなあ？」とヤンがつぶやきました。

タンポポのゼリーは、ヤマネコのおかあさんが、春《はる》になると作《つく》ってくれる、子どもたちの大好物《だいこうぶつ》のおやつなのです。

月を見たら、子どもたちは、おかあさんのことが恋《こい》しくてたまらなくなったのでしょう。

「おかあさんとココも一緒《いっしょ》に来《こ》られたら、よかったんだが」おとうさんも、すこし淋《さび》しそうに言《い》いました。

「きっと、おかあさんも海《うみ》が大好《だいす》きになるよ。ココはびっくりして泣《な》くかな？　おみやげ話《ばなし》がたくさんあるね」とヤンが言《い》うと、ウミネコが目をくるっとさせて、

「おみやげ話《ばなし》？　話《はなし》だけじゃたりないだろ？　せっかく遠《とお》くまで旅《たび》してきたんだから、海《うみ》のものを持《も》って帰《かえ》りなよ」

「なにを？　トビウオ？」とネネ。

「そりゃあ無理《むり》だ。トビウオは海《うみ》の生きものなんだから。山に連《つ》れていかれたら、迷惑《めいわく》だろう」おとうさんが笑《わら》いました。

ウミネコもうなずいて、

「もっといいものがある。いずれ、見せるよ」

「ぼくたちは、明日《あした》にはもうここを発《た》つんだがね」

「へえ。もう行《い》っちゃうのかい？　わかった、じゃあ、明日《あした》の朝《あさ》だ。おみやげに、ぴったりのものがある。そこへ案内《あんない》するよ」

いったい、なんでしょう？

子どもたちはわくわくして、

「寝《ね》られなくなりそう！」と声《こえ》を上げましたが、たくさん泳《およ》いで遊《あそ》んで、はしゃいだあとだったので、

「流《なが》れ星《ぼし》を見るまでは、眠《ねむ》らないぞ」

「うん。ぜったい」

そんなふうに言《い》い合《あ》って、群青色《ぐんじょういろ》の空に目を凝《こ》らし、やがて、

ちいさな星《ほし》がひゅうっと流《なが》れていくのを見つけると、

「いいおみやげを持《も》って帰《かえ》れますように」

「またすぐに海《うみ》に来《こ》られますように」

願《ねが》い事《ごと》をして、まもなく寝息《ねいき》を立てはじめたのでした。

5

海《うみ》で迎《むか》えた朝《あさ》は、まぶしく晴《は》れやかでした。

「こっちだよ」ウミネコが先に飛《と》び立《た》ちました。

ヤマネコたちは、砂浜《すなはま》を走《はし》りました。ときどき、波《なみ》に足をくすぐられながら。さて、どのくらい進《すす》んだでしょう。

「あれだよ！」ウミネコが前方《ぜんぽう》にあるものを示《しめ》しました。

「なんだろう?」

「ぼろぼろだね」

間近《まぢか》まで来《き》たところで、おとうさんが、こほん、と咳《せき》ばらいをして、もの知《し》り顔《がお》で言《い》いました。

「おまえたち、これは船《ふね》っていうんだ。海《うみ》の乗《の》りものだよ」

「ずいぶん前《まえ》の嵐《あらし》のときに、ここに打《う》ち上《あ》げられたんだ。それっきりさ。だれも引《ひ》き取《と》りにこない」とウミネコ。

「なんだか、おうちみたい」とネネ。

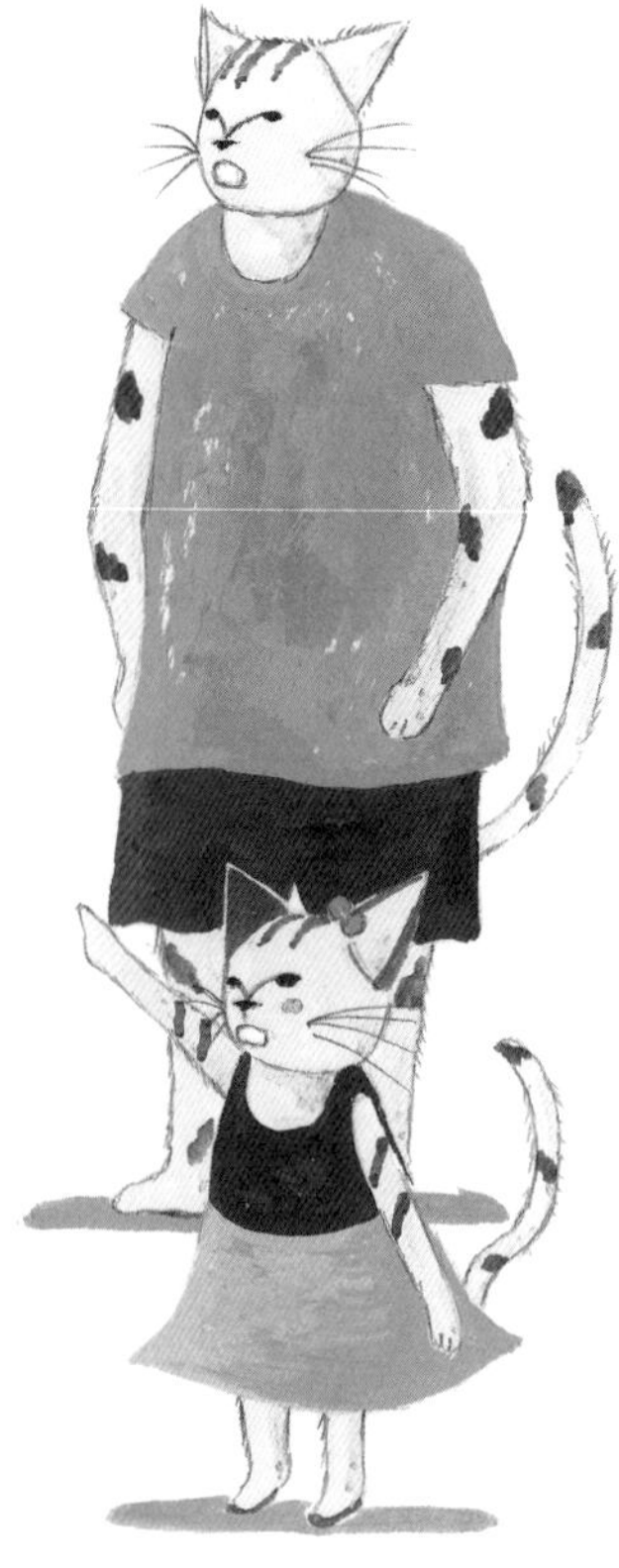

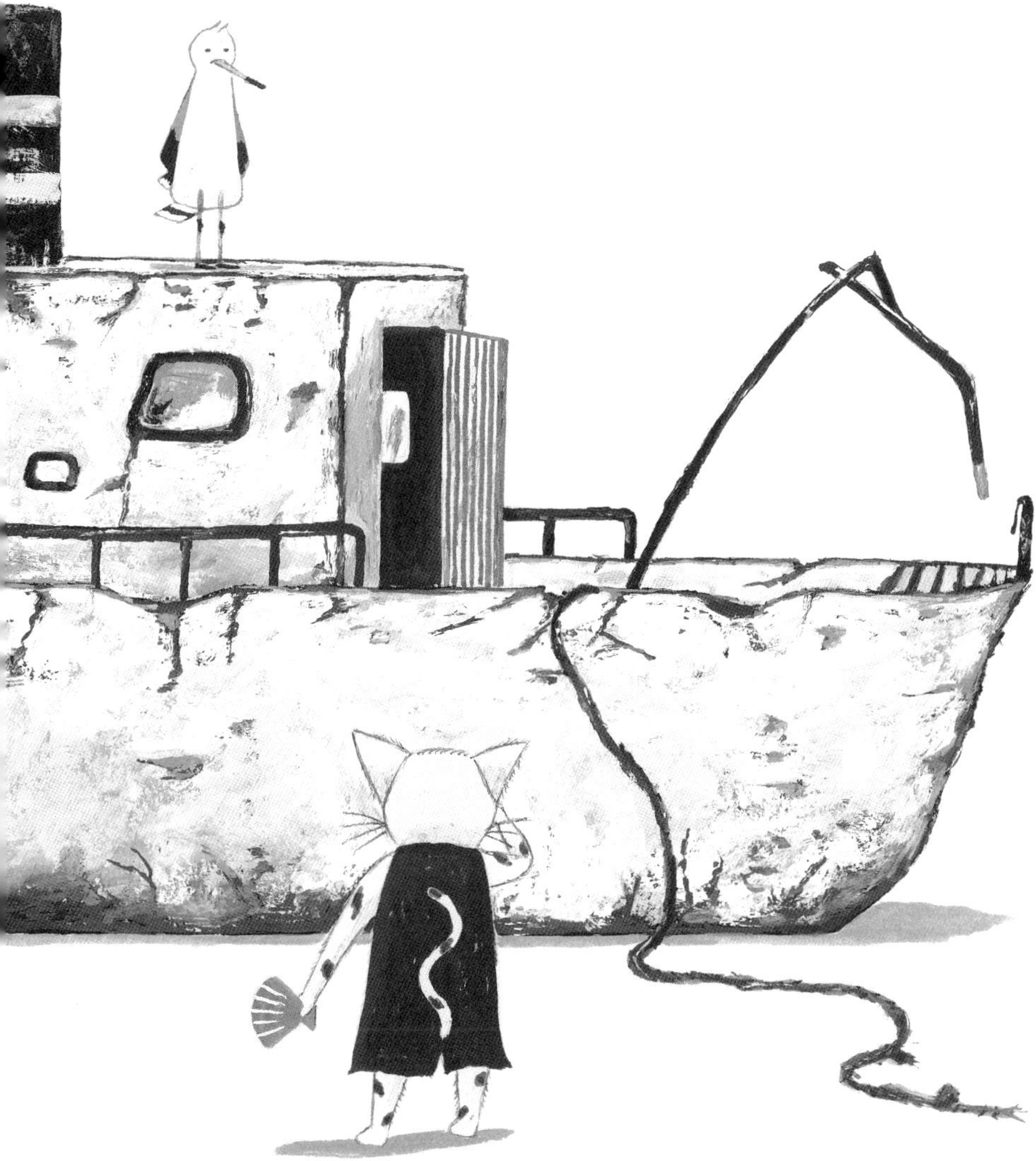

甲板《かんぱん》の上には小屋《こや》のようなものが建《た》っています。ヤマネコたちがさっそく乗《の》りこんでみたら、建物《たてもの》の中は思《おも》いのほか居心地《いごこち》がよさそうで、テーブルや椅子《いす》、ベッドもあります。

「ぼろぼろじゃなかったら、ぼくたち、この船《ふね》で旅《たび》をすることだってできたかもね」ヤンが残念《ざんねん》そうに言《い》いました。

「おみやげは、どこにあるの？」ネネがたずねました。

ウミネコが床《ゆか》に降《お》り立《た》って、隅《すみ》っこに置《お》いてある、色《いろ》あせた布《ぬの》張《ば》りの箱《はこ》をくちばしで突《つ》きました。

おとうさんが蓋《ふた》を開《あ》けてみると、箱《はこ》の中には、ネックレスが入っていました。光《ひかり》を受《う》けて、うっすらと虹《にじ》の色《いろ》が浮《う》かび上《あ》がる白い珠《たま》が連《つら》ねてあります。

「真珠《しんじゅ》だよ。海《うみ》の宝石《ほうせき》さ」とウミネコ。

「きれいね」ネネは真珠《しんじゅ》を自分《じぶん》の首《くび》にかけてみました。おとうさんはにっこりしましたが、ヤンは、ふふん、と鼻《はな》を鳴《な》らして、

「ネネには、もったいない。おまえには、海藻《かいそう》のきれっぱしがお似合《にあ》いだよ」と言《い》って、妹《いもうと》をからかいました。

ネネが頬《ほお》をぷうっとふくらませて怒《おこ》っても、ヤンはにやにや笑《わら》うばかりです。そして、あらためて、あたりを見回《みまわ》して、

「あれっ」

「おやっ」

ふたりは、ほとんど同時《どうじ》に声《こえ》を上げました。その視線《しせん》の先には、青いドア。そこだけくっきりと、なんとも鮮《あざ》やかな青です。

「空の色《いろ》だ！」

「海《うみ》の色《いろ》でしょ？」

6

ヤマネコたちは名残《なご》りを惜《お》しみつつ、砂浜《すなはま》をあとにしました。

「さよなら、なあっ。にあっ」

ウミネコは沖《おき》のほうへと飛《と》んでいきました。

船《ふね》から持《も》ちだしたドアを、ヤマネコたちは運《はこ》んでいきます。なにやら心惹《こころひ》かれてしまって、ちょっと荷物《にもつ》にはなるものの、これも、おみやげにすることにしたのです。

松林《まつばやし》を抜《ぬ》け、川に沿《そ》って歩《ある》き、山を登《のぼ》っていきました。

はやく、おかあさんに会《あ》いたくて――もうすぐ会《あ》えると思《おも》うと、長《なが》い上《のぼ》り坂《ざか》も、さほどつらくありません。

五日後《いつかご》に、ヤマネコたちは家《いえ》に帰《かえ》りつきました。

子どもたちが真珠《しんじゅ》のネックレスを渡《わた》すと、

「あら、なあに？」おかあさんは海《うみ》の宝石《ほうせき》にも劣《おと》らない、輝《かがや》くような笑《え》みを浮《う》かべ、さっそく首《くび》にかけてみました。

「よかった、気に入ったようだね」と、おとうさん。

ココには、砂浜《すなはま》で拾《ひろ》った貝殻《かいがら》をおみやげにしました。桜色《さくらいろ》のもの、渦巻《うずま》きのかたちをしたもの、丸《まる》っこくてつるつるしたもの。ココはちっちゃな手で触《ふ》れて、まだ言葉《ことば》にはならない声《こえ》を出しました。にーうーうー、みーうー、と。

どんぐりの粉《こな》で作《つく》ったクッキーをおやつに食《た》べながら、子どもたちは海《うみ》の話《はなし》をしました。おかあさんは熱心《ねっしん》におしゃべりに耳を傾《かたむ》けていましたが、ときどき目をまるくしました。

「ウミネコって、ネコなのに、空を飛《と》べるの？」

「そうだよ。空を飛《と》べる魚《さかな》だっているんだもの」とネネ。

「海《うみ》って不思議《ふしぎ》なところなのねえ」

「きれいだった。このドアと同《おな》じ色《いろ》をしていたよ」とヤン。

「ドアがおみやげだなんて、まあ！　びっくりしたけれど、船《ふね》って、どんなものなのかしら。いつか、わたしも海《うみ》へ行《い》きたいわ」

「そうだな。かならず、だ」おとうさんが力強《ちからづよ》く言《い》いました。

翌日《よくじつ》になると、おとうさんと子どもたちは、大工仕事《だいくしごと》をはじめました。みんなで相談《そうだん》した結果《けっか》、船《ふね》を作《つく》ろうということになったのです。もちろん、海《うみ》から持《も》ってきたドアも取《と》りつけて。

「船乗《ふなの》りごっこができるぞ。波《なみ》を漕《こ》ぐオールも作《つく》ろう。帆《ほ》をかけるためのマストも立てなくちゃならんな」

おとうさんは、ずいぶんとはりきっています。

木を伐《き》り、板《いた》を作《つく》って組《く》み立《た》て、とんてんかん！　とんてんかん！　子どもたちも、元気《げんき》よく金《かな》づちをふるいました。

そのあいだに、おかあさんが、おとうさんに頼《たの》まれたとおりに帆《ほ》を縫《ぬ》いました。たくさん布《ぬの》が必要《ひつよう》なので、もう着《き》なくなった洋《よう》服《ふく》をほどいて、何枚《なんまい》も重《かさ》ね合《あ》わせ、つぎはぎにして。

何週間《なんしゅうかん》もかかって、ようやく船《ふね》が完成《かんせい》したときには、甲板《かんぱん》の小屋《こや》の入口に取《と》りつけた青いドアがよく映《は》えました。

「ちょっとばかり、風変《ふうが》わりなおうちって感《かん》じじゃない？」おかあさんがそう言《い》ったので、ネネは、うん、うん、とうなずきました。

「あたしも海《うみ》で船《ふね》を見たとき、おんなじことを思《おも》ったの」

「さあ。おまえたち、乗《の》ってごらん」おとうさんは得意《とくい》そうです。

「やっほい！　ぼくが一番乗《いちばんの》りだ」とヤン。

みんなで力を合《あ》わせて帆《ほ》を上げました。

おとうさんのシャツだった布《ぬの》、おかあさんのエプロンだった布《ぬの》、ヤンのズボンだった布《ぬの》、ネネのワンピースだった布《ぬの》、ココのよだれかけだった布《ぬの》……あれもこれも縫《ぬ》い合《あ》わされて、色《いろ》とりどり、模様《もよう》もさまざま。なんとも派手《はで》な帆《ほ》なのです。

「どうだ、船《ふね》らしくなったぞ。よし。この船《ふね》に名前《なまえ》をつけようじゃないか。おまえたち、なにかいいアイディアはないかね？」

「船《ふね》に名前《なまえ》？　どうして？」とネネ。

「名前《なまえ》があったほうが立派《りっぱ》でとくべつな感《かん》じがするじゃないか。船《ふね》の場合《ばあい》は、名前《なまえ》のあとに号《ごう》をつけるんだよ」

「ヤン号《ごう》とか？　ネネ号《ごう》とか？　ココ号《ごう》とか？」とヤン。

「うむ。そういうことだ」

さんざん話《はな》し合《あ》って、船《ふね》の名前《なまえ》は、ウミネコ号《ごう》に決《き》まりました。最後《さいご》の最後《さいご》まで、みんなのあいだには、ヤマネコ号《ごう》と名づけたい気持《きも》ちもあったのですが、

「ウミネコのことを忘《わす》れちゃいかん。決定《けってい》だ」おとうさんが力強《ちからづよ》く言《い》いました。

7

帆《ほ》が風《かぜ》を受《う》けて、ぱたぱたっ。

威勢《いせい》のいい音を立てています。

「おめでとう、ウミネコ号《ごう》！」

ヤマネコたちは嬉《うれ》しくてたまらず、甲板《かんぱん》の上で飛《と》び跳《は》ねたり、ダンスのステップを踏《ふ》んでみたり。それから、小屋《こや》の中へ入ってみようとドアのノブに手をかけました。

ところが――あれっ？

「開《あ》かないよ。鍵《かぎ》がかかっているみたい」ヤンが言《い》いました。

ヤマネコたちは、ちょっとのあいだ、黙《だま》りこみました。

Umineko

「なにかの弾《はず》みで、鍵《かぎ》がかかってしまったんだろうか。仕方《しかた》がない。窓《まど》から入ろう」おとうさんが言《い》いました。

「窓《まど》？　そんなの、どこにあるの」とネネ。

そうでした。この小屋《こや》には窓《まど》がないのでした。面倒《めんどう》だから作《つく》らなかったのか。それとも、作《つく》るのを忘《わす》れたのでしたっけ？

ヤンとネネは、がっかりしてしまいました。

「鍵《かぎ》か、ふうむ」おとうさんが力なくつぶやくと、

「探《さが》しにいけばいいんじゃない？」おかあさんがみんなを励《はげ》ますように、明《あか》るい調子《ちょうし》で言《い》いました。

「探《さが》しにいくって、どこへ？」とネネ。

「さあ、わからないけれど、どこかにあるはずでしょう？」

「鍵《かぎ》ってものはさ、たいせつなものを守《まも》るためにあるんだよね？

だから、ええと、鍵《かぎ》がどこにあるかっていうと」ヤンはじっくりと考《かんが》えて、ふと頭《あたま》に浮《う》かんだ疑問《ぎもん》を口にしました。

「ねえ、おとうさん、この小屋《こや》の中には、なにかたいせつなものが入っているの？　それで、鍵《かぎ》がかかっているの？」

おとうさんは、きょとんとした顔《かお》をしました。

「さあ、どうだろうね？　おまえたち、なにか入れたかい？」

ネネは首《くび》を横《よこ》に振《ふ》りました。

「だれも、なにも入れてないでしょ？」

「でも、きっと、なにか入っているんだよ。そうでなかったら、鍵《かぎ》がかかってるはずがないもの」とヤン。

みんなの尻尾《しっぽ》は、クエスチョンマークのかたちに、くねくね、くねり、と曲《ま》がりました。

その日から、ヤマネコたちの心《こころ》には、いつも鍵《かぎ》のことがありました。もちろん、手持《ても》ちのものはすべて試《ため》してみました。家《いえ》の玄《げん》関《かん》や裏口《うらぐち》の鍵《かぎ》、机《つくえ》やタンスの引出《ひきだ》しの鍵《かぎ》。どれも、あのドアの鍵穴《かぎあな》には合《あ》いません。

ひょっとしたら？　と思《おも》って、ビスケットの缶《かん》やシリアルの箱《はこ》の底《そこ》、洋服《ようふく》のポケット、ミルクピッチャーやカフェオレボウルの中、カーペットの下も覗《のぞ》いてみました――ありません！

家族《かぞく》みんなで散歩《さんぽ》に出かけても、木のうろ、落《お》ち葉《ば》や大きな石の下、小川の底《そこ》、どこもかしこも気になって、鍵《かぎ》を探《さが》すのが癖《くせ》になりました――でも、ああ！　見つからないのです。

ヤマネコの子どもたちは、毎日《まいにち》、船《ふね》へ出かけていって、無駄《むだ》だとわかっていても、ドアのノブに手をかけ、押《お》したり、引《ひ》いたり。ときには、ノックをすることもありました。

「ちぇっ。このドアが開《あ》いたらなあ」

「あたし、ここに泊《と》まるつもりだったのに」

兄妹《きょうだい》は残念《ざんねん》でならなかったものの、たとえ小屋《こや》に入れなくても、この船《ふね》はお気に入りの遊《あそ》び場《ば》になりました。

ある日は、北《きた》の海《うみ》で凍《こご》えそうなほどつめたい風《かぜ》に吹《ふ》かれつつ高々《たかだか》と帆《ほ》を上げ、またある日は、晴《は》れ渡《わた》った楽園《らくえん》のような南《みなみ》の島《しま》を目指《めざ》して、ぐんぐん漕《こ》ぎ出《だ》していくのです。

「取舵《とりかじ》、いっぱい！」

「進《すす》め、どこまでも。ウミネコ号《ごう》」

勇《いさ》ましい声《こえ》を上げれば、ふたりはすっかり一人前《いちにんまえ》の船乗《ふなの》りでし

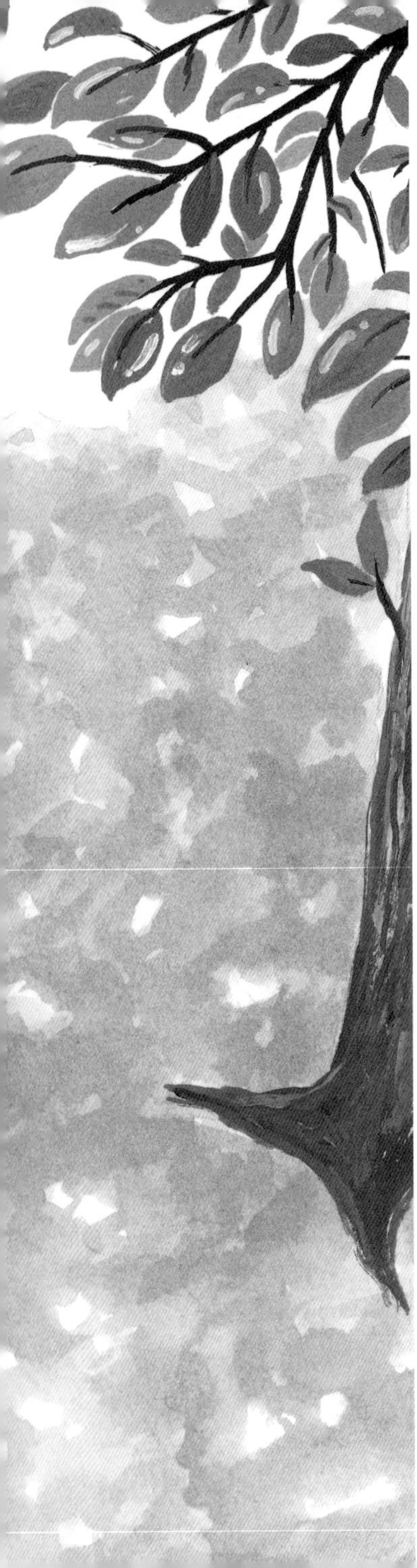

た。オールや帆《ほ》の扱《あつか》いも、おとうさんからしっかり教《おそ》わったので、海《うみ》が凪《な》いでいようが、嵐《あらし》がこようが、前進《ぜんしん》あるのみです。

「ぼくらのために風《かぜ》が吹《ふ》いているよ」

「右を向《む》いても、左を向《む》いても、海《うみ》だね」

おかあさんがサンドイッチやスコーン、ビスケット、ジュースを詰《つ》めこんだバスケットを持《も》たせてくれるから、甲板《かんぱん》で日向《ひなた》ぼっこをしながら食《た》べます。船《ふね》の上のお昼《ひる》ごはんは最高《さいこう》です。

Umineko

8

そして、ある日――

ヤマネコの子どもたちは、いつものように帆《ほ》を上げ、舵《かじ》を取《と》っているさなかに、ドアの向《む》こうから響《ひび》いてくる音を耳にしました。

はじめは小さく、だんだんと、大きく。

ふたりはびっくりして、顔《かお》を見合《みあ》わせました。

「あれっ。なんで?」

「おにいちゃんも聞《き》こえた?」

「空耳じゃないよなあ?」

「知《し》ってるよ、この音」

もしかしたら？

まさか！　ほんとに？

これは、波《なみ》の響《ひび》きではありませんか。

「このドアの向《む》こうに、海《うみ》があるの？」

「いま、ウミネコの声《こえ》が聞《き》こえたよ」

打《う》ち寄《よ》せる波《なみ》の音の合間《あいま》に、甲高《かんだか》い声《こえ》がします。子どもたちははっと息《いき》を呑《の》んで、それから、大きな声《こえ》で呼《よ》びかけました。

「ウミネコ！　そこにいるんだろう？」

「ねえ。あたしたちだよ、ヤマネコだよ」

にあっ、なあっ、にあっ、にあっ。

ウミネコの声《こえ》が、さらにいっそう高《たか》くなりました。

もどかしい気持《きも》ちから、ヤンが力いっぱいドアを叩《たた》きました。

「開《あ》けなくちゃいけない、どうしても。壊《こわ》しちゃおうか？」

するとネネが悲鳴《ひめい》のような声《こえ》で、

「ええっ、せっかく苦労《くろう》して運《はこ》んできたのに？　こんなにすてきなドアなのに？　壊《こわ》すなんて可哀想《かわいそう》だよ」

「可哀想《かわいそう》って、だれが？」

「このドアも、あのおんぼろの船《ふね》も。それから、ウミネコも」

「ウミネコも？」

「だって、このドアはウミネコからのおみやげだよ。壊《こわ》しちゃったら、きっとウミネコが悲《かな》しむよ」

ヤンは肩《かた》をすくめました――まあ、たしかにドアを壊《こわ》すのは、素晴《すば》らしいアイディアとは言《い》えないかもしれません。

ふたりは大急《おおいそ》ぎで家《いえ》に戻《もど》りました。

「たいへん。山に海《うみ》がやってきた」

「ウミネコ号《ごう》の中に、海《うみ》があるんだよ」

おとうさんとおかあさんは、なんのことやら、さっぱりわかりませんでしたが、とりあえず、昼寝《ひるね》の最中《さいちゅう》だったココを抱《だ》いて、船《ふね》に向《む》かって走《はし》り出しました。

「はやく。はやく」

「ウミネコ号《ごう》が波《なみ》に呑《の》まれないうちに」

いいえ、だいじょうぶ。おとうさんとおかあさんが駆《か》けつけたときに、まだ船《ふね》はありました。

「ほんとうだ。波《なみ》の音がする」

おとうさんが目をまるくしました。

おかあさんはじっと耳をすませて、

「どうしてかしら。わたしは海《うみ》に行《い》ったことがないのに、この音は聞《き》いたことがあるような気がする」

しばらく考《かんが》えてから、さらに言《い》いました。

「もしかしたら、生まれてくる前《まえ》？」

「おかあさんがヤマネコになる前《まえ》ってこと？　おかあさん、ひょっとしてウミネコだったの？　くちばしもあった？　あの尖《とが》った、こわそうなやつ」ちょっと嫌《いや》そうにヤンが言《い》いました。

すると、ネネが声《こえ》を低《ひく》めて、ひそひそと、

「わかるよ、おかあさんの言《い》いたいこと。あたしも山に生まれる前《まえ》は、海《うみ》にいたかもしれない」

「へえ。おまえも、ウミネコだったのかい？」

「わかんない。でも、むかし、むかし、大むかし、おかあさんのお腹《なか》の中にいたころに、あたし、波《なみ》の音を聞《き》いていたよ。うん。いま思《おも》い出《だ》した」

「むかしって、おまえ、ぼくより後《あと》に生まれたくせに」

ヤンはぶっきらぼうに言《い》ったものの、ドアの向《む》こうの音があまりに懐《なつ》かしく、目を閉《と》じると、海《うみ》の水にからだを浸《ひた》して、空を飛《と》ぶように泳《およ》いでいる――そんな不思議《ふしぎ》な心地《ここち》よさを感《かん》じます。

「ヤンの言《い》うとおりだったね」おかあさんが微笑《ほほえ》みました。

「ウミネコ号《ごう》の中にたいせつなものがあるから、それで鍵《かぎ》がかかっているのね。海《うみ》は宝《たから》ものなのね」

「でも、おかあさん、海《うみ》はこんなちっちゃな船《ふね》に乗《の》っかるようなものじゃないんだよ」とヤン。

「もっと、すっごく大きいの」とネネ。

「ええ。わかるわ。見なくてもわかる」

おかあさんは、ほんとうにわかっているようでした。さすが、おかあさんだ、と思《おも》って、子どもたちは安心《あんしん》しました。


なあっ、にあっ、にあっ、なあっ。

青いドアの向《む》こうから、またウミネコが呼《よ》んでいます。

「どうしたら、いいだろう」おとうさんが言《い》いました。

「ネネが泣《な》きべそかいて、ドアを壊《こわ》しちゃだめだってさ」とヤンが肩《かた》をそびやかすと、

「そりゃあそうよ。ドアを壊《こわ》したら、海《うみ》もなくなっちゃうかもし

れないもの」おかあさんが言《い》いました。

「ふむ、なるほど。じゃあ、このまま、この小屋《こや》を鍵《かぎ》のかかった宝箱《たからばこ》みたいにして、ただ見守《みまも》っていくしかないのかね？」

「それもいいいんじゃないかしら」

でも、子どもたちはじれったくてなりません。

「ウミネコ。ぼくたち、どうしたら、そっちへ行《い》ける？」

「鍵《かぎ》がどこにあるか、知《し》らない？」

ドアのこちら側《がわ》から、熱心《ねっしん》に問《と》いかけると、

「ヤン！　ネネ！」ウミネコが応《こた》えました。

「はやく、おいでよ。鍵《かぎ》がどこにあるかは知《し》らないけど、きみたちなら、きっと見つけられるさ」

「なんだ、ウミネコも知《し》らないの？　あたしたち、もうさんざ

ん探《さが》したんだよ」とネネ。

「ちぇっ。なんとか、ならないのか」

ヤンはあんまり悔《くや》しかったものだから、つい乱暴《らんぼう》にドアを蹴飛《けと》ばしてしまいました。だだん！　と大きい音がしました。

おかあさんの腕《うで》の中で眠《ねむ》っていたココがびっくりして目を覚《さ》まし、わあっと泣《な》き出《だ》しました。

「あらあら」おかあさんが腕《うで》を揺《ゆ》すって、あやします。

ココは口をへの字にして涙《なみだ》を流《なが》しながら、ちいさな手を伸《の》ばして、おかあさんの首《くび》にかけてあるネックレスをつかんで引《ひ》っ張《ば》りました。

「ココ、だめよ」

おかあさんは止《と》めようとしましたが——ああ。間《ま》に合《あ》いません

でした。次《つぎ》の瞬間《しゅんかん》には、ネックレスの糸が切《き》れて、真珠《しんじゅ》がぱらぱらっと四方八方《しほうはっぽう》へ飛《と》び散《ち》っていきました。

「わあ、たいへんだ！」だれよりも先に、おとうさんが叫《さけ》びました。すぐに屈《かが》んで、足元《あしもと》に落《お》ちた白い珠《たま》を拾《ひろ》います。

みんなは、草の葉《は》の下、石ころのかげ、あちらこちらに転《ころ》がり落《お》ちた真珠《しんじゅ》を、一粒一粒《ひとつぶひとつぶ》、熱心《ねっしん》に拾《ひろ》っていきました。


いつのまにか、あたりはもう薄暗《うすぐら》く、空には、いちばん星《ぼし》が輝《かがや》いていいます。

「これで、ぜんぶかしら」拾《ひろ》い集《あつ》めた真珠《しんじゅ》をエプロンのポケットに入れて、おかあさんが言《い》いました。

まだきょろきょろ見回《みまわ》していたネネが、

「あっ。あそこに、ひとつ！」と声《こえ》を上げました。

ヤンが急《いそ》いで追《お》いかけて、拾《ひろ》おうとしました。

ところが――おやおや！　土のくぼみに吸《す》いこまれるみたいにして落《お》ちていき、そこから、いきなり、ひゅるひゅるっと勢《いきお》いよく植物《しょくぶつ》の茎《くき》が伸《の》びてきたのです。

ヤマネコたちの目《め》の前《まえ》で、たちまち茎《くき》から新緑《しんりょく》が現《あらわ》れて、みずみずしい葉《は》を何枚《なんまい》も広《ひろ》げました。茎《くき》の先っちょには花のつぼみがつきました。黄色《きいろ》い、やわらかそうな。

みんなで植物《しょくぶつ》に近《ちか》づいてみると、それはネネの背丈《せたけ》と同《おな》じくらいの高《たか》さまで伸《の》びていました。

「あの真珠《しんじゅ》が、この花の種《たね》なのね」おかあさんが言《い》いました。

「お月さまみたいな色《いろ》の花だ」とヤン。

「うん。海辺《うみべ》で見たお月さま、ちょうどこんな黄色《きいろ》だったよね。これ、真珠《しんじゅ》の花なの？」ネネが指先《ゆびさき》でつぼみに触《ふ》れました。

すると、まあるい花びらがうなずくように揺《ゆ》れたあと、ふわっと開《ひら》きました。ゆっくりと、静《しず》かに。

清々《すがすが》しい香《かお》りがしました。花びらの一枚《まい》一枚《まい》が、ほのかな光《ひかり》を放《はな》っているような優《やさ》しい色合《いろあ》いです。

「この世《よ》の花じゃないみたい。海《うみ》に行《い》くと、この花がたくさん咲《さ》いているの？」おかあさんがほうっと息《いき》をついて、たずねました。

「いいや。海《うみ》にだって、この花はなかったさ。なあ、おまえたち、見なかっただろう？」と、おとうさん。

子どもたちは首《くび》を横《よこ》に振《ふ》りました。

9

　どのくらい時間《じかん》が過《す》ぎたでしょう。

　ヤマネコたちは花のそばに腰《こし》をおろして、ずっと眺《なが》めていたのです。いつまでもこうしていても、飽《あ》きることなどなさそうでした。夜空《よぞら》の下で、涼《すず》しい風《かぜ》に吹《ふ》かれて。

　青いドアの向《む》こうでは、いまも波《なみ》の音がします。

「ぼくたち、どこにいるの？」ヤンがぽつんと言《い》いました。

「山なの？　海《うみ》なの？」とネネ。

「わからなくなりそうだなあ。いや、だか、たしかなのは、ぼくたちは家族《かぞく》みんなで、ここにいるってことだよ」おとうさんがしみじみと言《い》いました。

「あなたたち、お腹《なか》が空《す》かない？」おかあさんがたずねました。そういえば、お昼《ひる》ごはんを食《た》べたきり、なにも食《た》べていないのでした。いつもだったら、もう夕食《ゆうしょく》を終《お》えた時刻《じこく》だというのに。

「おかあさんは？　お腹空《なかす》いた？」とネネ。

「そうねえ。花があんまりきれいで、いい香《かお》りだから、なんだか、胸《むね》がいっぱいになってしまって」

「胸《むね》だけじゃなくて、お腹《なか》もいっぱいかね？　まあ、たまには、いいさ。こんな夜《よる》も」おとうさんが言《い》いました。

明日《あした》も、この花が咲《さ》いているとは限《かぎ》らないと思《おも》うと、たったいま、この時間《じかん》が愛《いと》しくてなりません。

ヤンが立ち上がって、花に触《ふ》れようとしました。そして、花の芯《しん》のあたりがちらっと光《ひか》ったことに気がつきました。

「おやっ、なんだろう」

花の中を覗《のぞ》きこんだら――

「ねえ、ここだ！　ここにあったよ」

みんなはヤンのそばに寄《よ》って、花のほうへと首《くび》を伸《の》ばしました。ネネだけは背丈《せたけ》が足りなかったので、ぴょんっ、と飛《と》び上《あ》がりました。そして、見つけたのです。花の中に、鍵《かぎ》がありました。

ヤマネコたちは、それを試《ため》してみる前《まえ》から、間違《まちが》いない、と感《かん》じていました。星《ほし》のかたちの――いいえ、星《ほし》ではなくヒトデでしょうか――飾《かざ》りがついた、銀色《ぎんいろ》の鍵《かぎ》でした。

おとうさんがヒゲをふるっと震《ふる》わせて、

「うむ」ちいさく声《こえ》をもらしました。そして、鍵《かぎ》を手に取《と》って、船《ふね》に乗《の》りこみ、青いドアの前《まえ》に立ちました。

「開《あ》けるか。開《あ》けるぞ」

おかあさんと子どもたちも、おとうさんの後《うし》ろに来《き》て、息《いき》を呑《の》み、黙《だま》ってうなずきました。

ヤマネコたちはみんな、とても緊張《きんちょう》していたのです。

思《おも》ったとおり、鍵《かぎ》はすんなりと鍵穴《かぎあな》に入りました。まずは時計《とけい》の針《はり》が進《すす》む方向《ほうこう》に回《まわ》そうとしましたが、動《うご》きません。

それで、今度《こんど》は時計《とけい》の針《はり》と逆《ぎゃく》の方向《ほうこう》に回《まわ》すと――かちっ！

波《なみ》の音がいっそう高《たか》くなりました。

開《ひら》かれたドアから、まばゆい光《ひかり》があふれだしました。

山は夜《よる》なのに、ドアの向《む》こうの海《うみ》は真昼《まひる》だったのです。

「ウミネコ！」ヤンとネネが大声《おおごえ》で呼《よ》びました。

ヤマネコたちは駆《か》け出《だ》しました――おとうさんとおかあさんも。ふたりとも、まるで子どものころに戻《もど》ったように。

船《ふね》を飛《と》び降《お》り、熱《あつ》い砂《すな》の上を、夢中《むちゅう》になって走《はし》りました。

そして、上空を飛《と》んでいるウミネコに手を振《ふ》りました。

「会《あ》いたかったよ」

「よかった、またここへ来《こ》られた」

おとうさんはすこしばかり息《いき》をきらして、でも、なんとか落《お》ち着《つ》こうとして、こ、こ、こほん、と咳払《せきばら》いをしたあとで、

「やあ、ウミネコ。思《おも》いがけず、はやく海《うみ》へ来《こ》られたよ。紹介《しょうかい》しよう。ぼくの隣《とな》りにいるのが、ヤマネコのおかあさんだ。で、ぼ

くが抱《だ》っこしているのが、末《すえ》っ子《こ》のココ」

「はじめまして。あなたがウミネコさん！　まあ、ネコといっても、わたしたちとはぜんぜん違《ちが》うネコなのね」

おかあさんが挨拶《あいさつ》すると、ウミネコは砂浜《すなはま》に降《お》りてきました。

「はじめまして、お会《あ》いできて光栄《こうえい》ですよ」

それから、おとうさんの腕《うで》の中にいるココを見て、

「へえ。可愛《かわい》い赤ちゃんだなあ」

ココは褒《ほ》められたのがわかったらしく、にっこりして、ちいさな手でウミネコのくちばしに触《ふ》れました。

「へえ。ココったら大したもんだ」

「くちばしをこわがらないなんて、ね」

子どもたちは、すっかり感心《かんしん》してしまいました。

「ところで、いったい、どういうことなんだい？」

ウミネコがヤンとネネを交互《こうご》に見やってたずねました。

「ここしばらく、ぼくはこのあたりに来《く》る用事《ようじ》がなかったんだけど、今日《きょう》、ちょいと通《とお》りかかったら、あれあれ？　おんぼろの船《ふね》が、すっかりあた

らしくなっているじゃないか。おまけに、きみたちが山へ持《も》って帰《かえ》ったはずのドアも取《と》りつけてある。じゃあ、ぼくの知《し》らないあいだに戻《もど》ってきたのかと思《おも》って、きみたちのことを探《さが》したんだよ」

ヤマネコたちがたったいま走《はし》ってきた砂浜《すなはま》を振《ふ》り返《かえ》ると、波打《なみう》ち際《ぎわ》にウミネコ号《ごう》がありました。

「いつここへ来《き》て、船《ふね》を作《つく》ったのさ？　山へ帰《かえ》ったと思《おも》ったら、もう海《うみ》が恋《こい》しくなったのかい？　もしかしたら、山より海《うみ》のほうがいいって思《おも》ったのかな？」

「違《ちが》うんだよ、ウミネコ。ぼくたち、山で船《ふね》を作《つく》ったんだ」

「そうなの。あたしたち、山にいたのに、あの青いドアを開《あ》けたら、なぜか海《うみ》になっていたの」

「はあ。なぜか、ね？」ウミネコが首《くび》をひねると、おとうさんが腕組《うでぐ》みをして、もっともらしく言《い》いました。

「うむ。しかし、よく考《かんが》えてみれば、こうなったのも当然《とうぜん》といえば、当然《とうぜん》じゃないかね？　なんたって、船《ふね》は山のものじゃなくて、海《うみ》のものだ。山にあるほうがおかしいんだ」

うなずいて、おかあさんも続《つづ》けました。

「ドアに鍵《かぎ》がかかっていたから、この中にはたいせつものが入っているんだろうって、ヤンが言《い》っていたのよ。そしたら、まあ、ドアの向《む》こうは海《うみ》だった」

すると、ウミネコは勢《いきお》いよく羽《は》ばたいて、

「そりゃあ、海《うみ》はたいせつなものに違《ちが》いないさ。せっかく船《ふね》を作《つく》ったんだ。これに乗《の》って沖《おき》へ出かけていこうじゃないか」

Umineko

10

ウミネコ号《ごう》の船出《ふなで》のときがきました。

「みんな準備《じゅんび》はいいか。出発《しゅっぱつ》だ」

おとうさんが陽気《ようき》な声《こえ》を上げました。

「えいえいおう！」

ヤンとネネは、力いっぱいオールを漕《こ》ぎました。はじめはぎくしゃくしていたものの、だんだん上手《じょうず》になりました。

「すごいぞ。ぼくたち、ほんものの船乗《ふなの》りになったんだ」

「船乗《ふなの》りになった最初《さいしょ》のヤマネコだね、きっと」

湿《しめ》った強《つよ》い風《かぜ》が吹《ふ》いています。これこそが潮風《しおかぜ》です。

「よし。そろそろ帆《ほ》を上げよう。準備《じゅんび》はいいか」

子どもたちはオールを引《ひ》っぱり上げ、おとうさんと一緒《いっしょ》に誇《ほこ》らしげに帆《ほ》を掲《かか》げました。派手《はで》な色合《いろあ》いの帆《ほ》が風《かぜ》をはらんで、ぱんっとふくらみ、船《ふね》を前《まえ》へ前《まえ》へと進《すす》めていきます。

「ばんざい、ウミネコ号《ごう》！」

ヤマネコたちは歓声《かんせい》を上げました。

おとうさんが舵《かじ》を取《と》り、順調《じゅんちょう》に進路《しんろ》を定《さだ》めたところで、ようやく子どもたちは甲板《かんぱん》でのんびりしました。

「ピクニックだね、海《うみ》の上で」

ウミネコがくだものをどっさり運《はこ》んできてくれたので、みんなは食《た》べたいだけ食《た》べました。パパイヤやマンゴー、パイナップル……どれもヤマネコにとっては、めずらしいものばかりです。

「素晴《すば》らしい船《ふね》だな」

ウミネコが舳先《へさき》にとまって言《い》いました。船《ふね》の名前《なまえ》を聞《き》いてからというもの、とにかく機嫌《きげん》がいいのです。カスタネットみたいに、くちばしをかちかち打《う》ち鳴《な》らしながら、

「ええと、この船《ふね》、なんていうんだっけ？」

「忘《わす》れたの？　ウミネコ号《ごう》だよ」

「え？　もう一度《いちど》、言《い》ってくれる？　波《なみ》の音が大きくて聞《き》こえなかったんだ」

「ウミネコ号《ごう》！」

「ああ、そうだった。もちろん、忘《わす》れるはずがないよ。このとびきりチャーミングな船《ふね》は、ウミネコ号《ごう》っていうんだった」

と、こんな具合《ぐあい》に、何度《なんど》も繰《く》り返《かえ》し、船《ふね》の名前《なまえ》を聞《き》きたがりま

す。そして、羽《はね》を震《ふる》わせ、うっとりとした表情《ひょうじょう》を浮《う》かべます。

「ね、ね、それより、あたしたち、どこへ行《い》くの？　どこからどこまで空で、どこからどこまで海《うみ》なのか、知《し》ってる？」とネネ。

「それ、ぼくも訊《き》こうと思《おも》ってた。こうやって見てると、ずっと先のほうで、空と海《うみ》が溶《と》け合《あ》ってるみたいだろ？　あそこは、どうなっているんだろう？」とヤンも言《い》いました。

ウミネコはくちばしを上下に揺《ゆ》すって、

「ぼくも、そこまで飛《と》んでいったことがないから、わからないよ」

「うーむ。海《うみ》のことなら、なんでも知《し》っているウミネコにもわからないのか」おとうさんがうなりました。

「知《し》りたいなあ」ヤンとネネが声《こえ》を揃《そろ》えて言《い》いました。

やがて岸辺《きしべ》がかすんで見えなくなりました。

でも、どこまで行《い》っても海《うみ》は海《うみ》で、空は空でした。

ぴしゃん！　いきなり青い水の中から、背《せ》が藍色《あいいろ》の魚《さかな》が飛《と》び立《た》ちました。うろこが銀色《ぎんいろ》に輝《かがや》いています。羽《はね》は薄《うす》く透《す》けています。

「トビウオだ。ねえ、おかあさん、見た？」ヤンが大声《おおごえ》を上げると、おかあさんは、船《ふね》から身《み》を乗《の》り出《だ》しました。

ウミネコが叫《さけ》びました。

「おーい、トビウオ。この船《ふね》はウミネコ号《ごう》だよ。ヤマネコが作《つく》ったんだ。ここにいるのは、山から来《き》たヤマネコだよ」

すると、次《つぎ》から次《つぎ》へと水中からトビウオたちが現《あらわ》れ、曲線《きょくせん》を描《えが》いて空を飛《と》びながら、

「ようこそ、ヤマネコ」

「よく来《き》たね、ヤマネコ」

「はじめまして、ヤマネコ」

口々に挨拶《あいさつ》をして、また海《うみ》の青の中へと消《き》えていきます。数《かぞ》えきれないほどたくさんのトビウオたちです。

「すごいね、空《そら》飛《と》ぶ

魚《さかな》！　もしかしたら、ここが海《うみ》と空の境目《さかいめ》なのかも。だから、トビウオがたくさんいるんじゃないの？」

　ネネがはしゃいで言《い》いました。

　ヤンが、ふんっ、と鼻息《はないき》を荒《あら》くして、

「じゃあ、ぼくはここで空を飛《と》ぶみたいにして、泳《およ》いでみせるさ」

「おい、落《お》ち着《つ》け。ここは浅瀬《あさせ》とは違《ちが》うぞ。海《うみ》の底《そこ》が見えないくらい深《ふか》いんだぞ。おぼれたら、たいへんだ」

おとうさんは止《と》めようとしましたが、ヤンはボートの縁《ふち》に立つなり、えいや！　水飛沫《みずしぶき》を上げ、海《うみ》に飛《と》びこみました。

「待《ま》って、おにいちゃん。あたしも行《い》く」

すかさず、ネネもヤンのあとに続《つづ》きました。

「まあ、あなたたち。なんてこと！」

おかあさんの全身《ぜんしん》の毛《け》が、電気《でんき》でも通《とお》したみたいにびりびりっと逆立《さかだ》っても、子どもたちはへいっちゃらです。

「気持《きも》ちいい。しょっぱーい」

「おかあさんも、一緒《いっしょ》にどう？」

水の中でゆらゆら手足を動《うご》かして、呑気《のんき》そうに浮《う》かび上《あ》がってきたので、おかあさんはほっと息《いき》をつきました。

「まったくもう、あなたたち、心配《しんぱい》させないでちょうだい」

トビウオたちがまあるくヤンとネネを取《と》り囲《かこ》み、笑《わら》いながら飛《と》んで、ぴしゃっと水に潜《もぐ》ります。

トビウオの笑《わら》い声《ごえ》は、くくくっ！　と、けけけっ！　のあいだくらいの感《かん》じです。軽々《かるがる》として、実《じつ》に楽《たの》しそうなのです。

「ぼくたちだって、その気になれば、いくらだって楽《たの》しくなれるんだぞ」ヤンが負《ま》けず嫌《ぎら》いのようすで言《い》うと、

「なんたって、あたしたちは魔法《まほう》の呪文《じゅもん》を知《し》ってるからね」ネネも自信《じしん》たっぷりに言《い》いました。

「軽《かる》くなあれ、軽《かる》くなれえ」

「すいっ、すいっ」

ヤマネコの子どもたちは思《おも》いきって水に顔《かお》をつけ、伸《の》びやかに、からだを動《うご》かしました。おとうさんの言《い》うとおりでした。浅《あさ》瀬《せ》とは違《ちが》って、水の中でどんなに目を凝《こ》らしても、海《うみ》の底《そこ》は見えません。どこまでも果《は》てしない青が広《ひろ》がっているのです。

トビウオたちが、こっちへおいでよ、と誘《さそ》います。

ふたりは水から顔《かお》を上げ、小声《こごえ》で相談《そうだん》しました。

「どうする？」

「どうしよう？」

「潜《もぐ》ってみようか」

「いいよ、行《い》こう」

すううううっと、胸《むね》にもお腹《なか》にも精《せい》いっぱい息《いき》を吸《す》いこんでから、ヤンとネネはトビウオたちの後《あと》についていきました。

だんだんと青が濃《こ》くなっていきます。

波《なみ》の音が遠《とお》のいて、静《しず》けさが耳をおおいます。

ちょっと心細《こころぼそ》かったので、兄妹《きょうだい》は手をつなぎました。目を見合《みあ》わせると、だいじょうぶ？　だいじょうぶだよ、言葉《ことば》にしなくても、お互《たが》いの気持《きも》ちを伝《つた》えることができました。

——いま、ぼくも思《おも》い出《だ》したよ。

ヤンがそう言《い》いたいのが、ネネにはわかりました。

——あたしだって、もっと思《おも》い出《だ》したよ。

ヤンにも、ネネの言《い》いたいことがわかりました。

もしかしたら？　ね？

きっと、そうだよ。

生まれる前《まえ》に、ここにいたね。

むかし、むかし、大昔《おおむかし》。

おかあさんのお腹《なか》の中にいたころに。

トビウオたちがヤンとネネのまわりを、すいっ、すいっと泳《およ》いでいきます。その笑《わら》い声《ごえ》が、ふたりには聞《き》こえます。

いつのまにか、大きな魚《さかな》、小さな魚《さかな》、たくさんの魚《さかな》たちが集《あつ》まっていました。丸《まる》い目をぴかぴか光《ひか》らせて。

――きれいだなあ。面白《おもしろ》いなあ。

――海《うみ》の底《そこ》って、どんなだろう。

すると、海《うみ》の生きものたちの中でもひときわ目立つ、ちいさな赤い魚《さかな》が近《ちか》づいてきて、こっちへおいでよ、と尾《お》ひれを揺《ゆ》らしました。こっちだよ、こっちへおいで。

ふたりを招《まね》くようにして、さらに潜《もぐ》っていきます。

兄妹《きょうだい》は、赤い魚《さかな》のあとをついていきました。

潜《もぐ》れば潜《もぐ》るほど、水がひんやりしてきました。そして、光《ひかり》が溶《と》けこんでいた青に、次第《しだい》に闇《やみ》の色《いろ》が混《ま》ざってきました。

ヤンとネネはつないでいる手に力を入れました。ぜったいに離《はな》れてはならない、ということがわかっていました。

さっきまでヤンとネネを取《と》り囲《かこ》んでいた魚《さかな》たちは、もうどこにも見当《みあ》たらなくて、そのかわりに、違《ちが》う魚《さかな》たちが泳《およ》いでいます。

しなかやかな動《うご》きで、ふたりの目《め》の前《まえ》を通《とお》り過《す》ぎます。

金や銀《ぎん》のうろこを微《かす》かに輝《かがや》かせて。

尾《お》ひれを、ゆうらり揺《ゆ》らして。

海《うみ》の底《そこ》はまだ見えません。あとどのくらい行《い》けばいいのかも、さっぱりわからないのです。

——おまえ、こわくないか？

——こわいけど、気持《きも》ちいい。

——ぼくたち、帰《かえ》れるかな？

——さあ、どうかな？

ヤマネコの子どもたちは、心《こころ》の中にあることを手と手の感触《かんしょく》で伝《つた》え合《あ》い、ふたり一緒《いっしょ》だから、と互《たが》いを励《はげ》ましました。ちいさな赤い魚《さかな》に導《みちび》かれるままに、どこまでも進《すす》んでいくつもりでいました。

闇《やみ》の気配《けはい》を漂《ただよ》わせた青の中へ。

深《ふか》く深《ふか》く、もっと深《ふか》く。

でも——そのとき。

ふいに懐《なつ》かしい声《こえ》がしたのです。

「ヤン！　ネネ！」

子どもたちのからだを包《つつ》みこむような声《こえ》でした。息《いき》をしていないのに、ちっとも苦《くる》しくないものだから、兄妹《きょうだい》はずっと潜《もぐ》り続《つづ》けていたいような心地《ここち》になっていたのですが――おかあさんだ。おかあさんが呼《よ》んでいるよ。

その途端《とたん》に、逆《さか》らいようのない大きな力に引《ひ》っ張《ば》られ、海《うみ》のおもてに向《む》かって、ものすごいスピードで浮《う》き上《あ》がっていきました。竜巻《たつまき》に巻《ま》きこまれたみたいに、ぐるぐる、からだが回《まわ》って、ごおっと耳の奥《おく》で音がしました。

おかあさんが船《ふね》から身《み》を乗《の》り出《だ》して、手を差《さ》しのべている姿《すがた》が目に飛《と》びこんできました。

「ヤン！　ネネ！」

海《うみ》から船《ふね》に上がったとき、子どもたちは、もう一度《いちど》、生まれたような気がしていました。だから、胸《むね》いっぱいに息《いき》を吸《す》いこんで、おかあさんに抱《だ》きつき、大泣《おおな》きに泣《な》きました。

11

太陽《たいよう》が海《うみ》と空を燃《も》えるような色《いろ》に染《そ》めて沈《しず》んでいきます。

「すとんっ。じゅーっ」とネネが言《い》うと、

「ああ、熱々《あつあつ》のお陽《ひ》さまが海《うみ》に落《お》っこちたな。でも、やっぱり湯《ゆ》気《げ》は上がらないね」ヤンがつぶやきました。

ヤマネコたちにとっては、今日《きょう》、二度目《どめ》の夕暮《ゆうぐ》れです。

「なんてまあ、すごい景色《けしき》ねえ」おかあさんが言《い》いました。

「海《うみ》に来《き》てよかっただろう？」

おかあさんがうなずくのを見て、おとうさんも満足《まんぞく》そうです。

岸辺《きしべ》へ戻《もど》って、まだ昼間《ひるま》の温《あたた》かさが残《のこ》る砂浜《すなはま》にたたずんで、ヤマネコたちはすっかり太陽《たいよう》が消《き》えてしまうまで、水平線《すいへいせん》の彼方《かなた》を眺《なが》めていました。

「今夜《こんや》は、きっと月も星《ほし》もきれいだよ」とウミネコ。

子どもたちは喜《よろこ》びましたが、おとうさんはヒゲをひねりながら、おかあさんの顔《かお》を見やりました。

「どうかね？」

「どうでしょうね？」おかあさんは首《くび》をかしげました。

「ココはまだ赤ちゃんだから、あんまり長《なが》く海風《うみかぜ》に吹《ふ》かれている

のは、よくないかもしれないわ。おうちでねんねさせないと」

「じゃあ、山に帰《かえ》るの？」

「来《き》たばっかりなのに、もう？」

ヤンとネネが不満《ふまん》そうに言《い》うと、

「今日《きょう》は帰《かえ》っても、また来《く》るさ」と、おとうさん。

ヤマネコたちは船《ふね》に乗《の》りこみ、ドアの前《まえ》に立ちました。

ふとウミネコが淋《さび》しそうな

顔《かお》になって、大声《おおごえ》を上げました。

にあああっ。なあああっ。

すると――おや？　どうしたことでしょう。小屋《こや》の中からも、声《こえ》が聞《き》こえてきたのです。にあああっ。なあああっ。

これには、ヤマネコたちもびっくりしました。

「なぜ、ウミネコの声《こえ》がするんだ？」おとうさんが言《い》いました。

「山にもウミネコがいるのかい？」とウミネコがたずねました。

「いないだろ、見たことないよ」とヤン。

「山にいたら、ウミネコじゃないもん」とネネ。

「この向《む》こうは、ほんとうに山なのかしら」おかあさんがすこし不安《ふあん》そうに言《い》いました。

おとうさんはドアのノブに手をかけたまま、

「山じゃなかったら、なんなんだ？」

ウミネコは、またしても声《こえ》をはりあげました。

にああっ。なああっ。

返事《へんじ》がありました。

「ふむ。やはり、あっちにもウミネコがいるんだな」

「あの声《こえ》は呼《よ》んでいるんだよ。会《あ》いたがってるんだね、こっちのウミネコに」とネネが言《い》いました。

「ウミネコだけじゃなくて、ぼくたちヤマネコにも会《あ》いたいんだよ。そうに決《き》まってるさ」ヤンが強気《つよき》の調子《ちょうし》で言《い》いました。

にあああっ、なあああっ。

ウミネコが機嫌《きげん》よく声《こえ》を上げると、ドアの向《む》こうでも、だれかさんが、にあああっ、なあああっ。

「やっぱり呼《よ》んでいるみたい。一緒《いっしょ》に行《い》きましょうよ。ね、ウミネコさん？　このドアの向《む》こうがどこだっていいわ。とにかく、わたしたちを呼《よ》んでいる鳥《とり》に会《あ》ってみたらいいじゃない？」

おかあさんの言葉《ことば》に、みんながうなずきました。

おとうさんが思《おも》いきってドアを開《あ》けると――

海《うみ》では太陽《たいよう》が沈《しず》もうとしていましたが、山では今《いま》まさに太陽《たいよう》が昇《のぼ》るところでした。山並《やまな》みのラインが淡《あわ》く光《ひかり》に彩《いろど》られています。

「よかった」

「戻《もど》ってこられた」

子どもたちは尻尾《しっぽ》をぴんと立てて、飛《と》び跳《は》ねました。

ウミネコは目をまんまるくして、右へ左へ顔《かお》を向《む》けて、あっちの山、こっちの山を見つめていましたが、

「いやはや、すごい眺《なが》めだなあ。珊瑚礁色《さんごしょういろ》の雲《くも》の合間《あいま》から、山のてっぺんが突《つ》き出《だ》しているよ」

「うむ。山は空に近《ちか》いんだ、どこよりもね」おとうさんが誇《ほこ》らしげにうなずきました。

ヤンとネネも、自分《じぶん》のことを褒《ほ》められたみたいに心《こころ》が浮《う》き立《た》

ち、喉《のど》がごろごろ、ごろごろ、地響《じひび》きのような音を立てました。

「いい匂《にお》いがするね。土と植物《しょくぶつ》かな？　いやあ、それにしても、なんて大きいんだろう。思《おも》い出《で》の中の山より、いま目《め》の前《まえ》にある山のほうが、もっとずっと大きいような気がするよ」

そうでした、ウミネコは子どものころ、山へ来《き》たことがあったのでした。もうずっと昔《むかし》のことです。

雄大《ゆうだい》な景色《けしき》にうっとりして、にああっ、なああっ、と空に届《とど》きそうなほどの声《こえ》を上げたら、まもなく声《こえ》が返《かえ》ってきました。

にああっ、なああっ。

「あれっ、また？　どこにいるんだ？」

ウミネコは目を見開《みひら》いて、訝《いぶか》しそうに言《い》いましたが、

「あ。そっか」

「わかった、なあんだ」

ヤマネコの子どもたちは笑《わら》い出《だ》しました。なぞなぞが解《と》けたときのように、ほっとして。楽《たの》しくてたまらなくなって。

そして、きょとんとしているウミネコの前《まえ》で、やっほう！　やっほっほう！　元気《げんき》いっぱいの声《こえ》を上げました。

そしたら――そしたら？　やっほう！　やっほっほう！　生き生きとした声《こえ》が返《かえ》ってきたのです。

おおい！　おはよう！　おとうさんとおかあさんも大声《おおごえ》を出しました。すると、やはり、どこか遠《とお》くから声《こえ》がしました。

おおい！　おはよう！

「なんだ？　どういうこと？」ウミネコはびっくりして騒々《そうぞう》しく羽《は》ばたき、あちらこちらを見回《みまわ》しました。

「これ、やまびこっていうんだよ」とヤンが答《こた》えました。

「やまびこ？」ウミネコが繰《く》り返《かえ》すと、

「山に呼《よ》びかけると、山が応《こた》えてくれるの」得意《とくい》そうにネネが言《い》いました。

「へええ。もうひとりのぼくや、きみたちや、おとうさんとおかあさんが山に隠《かく》れているわけじゃなく

て？」

「まさか」

「会《あ》ったことないもん」

子どもたちはそう答《こた》えたものの、ほんとうのところはわかりません。ウミネコが間違《まちが》っているとも言《い》いきれません。

「探《さが》しにいってこようかな？」羽《はね》を広《ひろ》げ、はりきった調子《ちょうし》でウミネコが言《い》いました。

あっちの山、こっちの山へ軽《かろ》やかに飛《と》んでいくつもりなのでしょうか。このときほど、ヤマネコたちが空を飛《と》べる生きものを羨《うらや》ましいと思《おも》ったことはありません。

「いいなあ」子どもたちは声《こえ》を揃《そろ》えて言《い》いました。

ウミネコは大らかに笑《わら》いました。

「きみたちだって、海《うみ》で、すいっ、すいっ、飛《と》ぶように泳《およ》いでいたじゃないか。あのとき、いいなあって思《おも》ったんだよ、ぼく」

「そっか。ウミネコったら、海《うみ》で生まれ育《そだ》ったのに、泳《およ》げないんだもんね」ネネも笑《わら》いました。

なあっ、にあっ、ウミネコは高《たか》らかに声《こえ》を上げ、その返事《へんじ》が響《ひび》いてきた方向《ほうこう》へ、さっそうと飛《と》んでいきました。

昇《のぼ》りつつある太陽《たいよう》に照《て》らし出《だ》された山のほうへ。

12

さて、ウミネコが出かけたあと、ヤマネコの家族《かぞく》はどうしたかって？　船《ふね》の甲板《かんぱん》で、のんびりと過《す》ごしました。

おかあさんがおうちから持《も》ってきたブルーベリーパイを食《た》べたり、帆《ほ》が影《かげ》を作《つく》る涼《すず》しい場所《ばしょ》で昼寝《ひるね》をしたり、眠《ねむ》りこけているコのために子守唄《こもりうた》を歌《うた》ったり。

青いドアの向《む》こうからは、いまも波《なみ》の音が聞《き》こえます。そのせいか、船《ふね》もまだゆうらり、ゆらゆら揺《ゆ》れているような気がします。

目を閉《と》じれば――

視界《しかい》いっぱいに広《ひろ》がっていた青がよみがえるのです。

「ぼくたち、ほんとに海《うみ》へ漕《こ》ぎ出《だ》したね」

「いっぱい魚《さかな》を見たなあ」

子どもたちは、ついさっきの冒険《ぼうけん》を思《おも》って幸《しあわ》せでした。

「ウミネコはどこまで行《い》ってしまったんだろうな。迷子《まいご》になっていなければいいいが」おとうさんがつぶやくと、

「あちこち飛《と》んで、思《おも》いきり山を楽《たの》しんでいるんでしょうよ」遠《とお》い山並《やまな》みを見つめて、おかあさんが言《い》いました。


そうやって何時間《なんじかん》も経《た》ったころ、ウミネコがふたたび姿《すがた》を現《あらわ》しました。青空にぽっかり浮《う》かんだ雲《くも》を突《つ》き抜《ぬ》けるようにして、一《いっ》直線《ちょくせん》にこちらに向《む》かって飛《と》んできて、船《ふね》の舳先《へさき》にとまりました。

「やあ。待《ま》っていてくれたんだね」

「当《あ》たり前《まえ》だよ」とヤン。

「ね、山のウミネコ、見つけた？」とネネ。

すると、ウミネコはくちばしの先をちょちょいと振《ふ》って、

「どうやら、山のウミネコは、かくれんぼうが好《す》きらしくてね。ぼくがあっちの山に行《い》くと、そっちの山へかくれ、ぼくがそっちの山へ探《さが》しにいくと、あっちの山へ行《い》ってしまうというわけさ。すばやいの、なんのって」

「それで、山はどうだった？」おとうさんがたずねました。

実《じっ》のところ、ヤマネコたちは、自分《じぶん》たちの山が気に入っていたので、あっちの山もそっちの山も行《い》ったことがないのです。

「そりゃあ、素晴《すば》らしかったよ。めずらしい花も見た、小川のつめたい水も飲《の》んだ。そうだ、山の高《たか》いところには滝《たき》もあったなあ。

ちっちゃな虹《にじ》がかかってたよ」

興奮《こうふん》した調子《ちょうし》でウミネコが言《い》うのを聞《き》いて、またしても子どもたちは、ごろごろ、ごろごろと喉《のど》を鳴《な》らしました。

「ふむ。ここは違《ちが》う木や花もあるんだろうか。ぼくたちも、いずれ行《い》ってみなくちゃならないな」おとうさんも興味津々《きょうみしんしん》です。

「賛成《さんせい》！」とヤンとネネは声《こえ》を上げ、

「わたしたちも、やまびことかくれんぼうができるわね」

おかあさんが微笑《ほほえ》みました。そして、たくさん飛《と》んで疲《つか》れはて、羽《はね》を休めているウミネコに手作《てづく》りのブルーベリーパイをすすめました。ウミネコが大喜《おおよろこ》びしたのは言《い》うまでもないことです。

でも、いつだって楽《たの》しいときは、瞬《またた》く間《ま》に過《す》ぎてしまいます、ね？

「もうそろそろ行《い》かなくちゃ」ウミネコがつぶやいたのは暗《くら》くなってきた空に、ネコの爪《つめ》あとみたいなかたちの、ほっそりとした月がかかったころでした。

「ヤン、ネネ、もし山のウミネコを見つけたら、よろしく伝《つた》えておくれよ。仲良《なかよ》くしてやってよね」

そう言って、ウミネコは大きく羽《はね》を広《ひろ》げ、

「ありがとう、ありがとう」

ヤマネコたちの頭上《ずじょう》を何度《なんど》か回《まわ》って飛《と》んでから、くちばしでドアを押《お》し開《あ》け、波《なみ》が押《お》し寄《よ》せるほうへと去《さ》っていきました。

「こちらこそ、ありがとう」

「またね、きっとだよ」

風《かぜ》がひゅうっと吹《ふ》いて、勢《いきお》いよくドアが閉《し》まったあとも、子ど

もたちに応《こた》えるように、ウミネコの声《こえ》が聞《き》こえてきました。

ヤマネコたちがおうちへ帰《かえ》りつくまで、友達《ともだち》の声《こえ》が、海《うみ》から山から繰《く》り返《かえ》し、にあっ、なあっ、と響《ひび》いていました。

あとがき

海へ行きたい。

心の底《そこ》で、いつも思っています。

鼓膜《こまく》を、どーん、と叩《たた》くような波の音を聞きたい。海辺《うみべ》ならではの、あのまぶしい陽《ひ》の光を浴《あ》びたい。熱《あつ》い砂《すな》に足裏《あしうら》を灼《や》かれながら、波打《なみう》ち際《ぎわ》に向かって前のめりになって走りたい。

それから、つめたい水に足を浸《ひた》して——

はあっと大きく息をつきたい。

続《つづ》けて、ハ行の発声で思いきり笑《わら》いたい。

こどもの頃《ころ》、夏が来るたびに、父が海へ連《つ》れていってくれました。その思い出が真夜中にふと甦《よみがえ》ったときなど、過《す》ぎ去《さ》った時間そのものが発光しているようで、胸《むね》の中が明るくなります。

耳の奥《おく》で響《ひび》く波の音が、わたしを励《はげ》ましてくれるのです。

どーん。どーん。どんまい。

だいじょうぶ、だいじょうぶ。

なにもかも、だいじょうぶだよ。

こども時代の輝《かがや》かしい幸せな記憶《きおく》こそが、おとなになって、どうにも避《さ》けがたく人生のつらいことに出遭《であ》ったときに、それを乗《の》り越《こ》えるための力を与《あた》えてくれるんだなあ、と思います。

だって、生きなきゃ。

楽しいことがあるもん、ぜったい。

どんなときも、わたしの中に潜《ひそ》んでいるちいさな女の子が強い目をして、そう言えるのは、おそらく、彼女《かのじょ》が、生まれて初めて海へ行ったときの驚《おどろ》きやときめき、喜《よろこ》びをまだちゃんと憶《おぼ》えているからなのでしょう。

この本を手にしてくださった方たち、ちいさなひとも、おおきなひとも、ヤマネコとウミネコと一緒《いっしょ》に、空と海の境目《さかいめ》へと果敢《かかん》に船を漕《こ》ぎだし、気持ちのいい潮風《しおかぜ》を感じて、トビウオたちの笑《わら》い声《ごえ》を聞いていただけたら嬉《うれ》しいです。

二〇一六年春　　　野中柊

野中 柊
のなか・ひいらぎ

1964年生まれ。立教大学卒業後、ニューヨーク州在住中の1991年に「ヨモギ・アイス」で海燕新人文学賞を受賞してデビュー。小説に『ヨモギ・アイス』『小春日和』『ひな菊とペパーミント』『公園通りのクロエ』『波止場にて』、エッセイ集に『きらめくジャンクフード』、児童書に『パンダのポンポン』『青空バーベキュー』をはじめとする「パンダのポンポン」シリーズ（既7巻）『ミロとチャチャのふわっふわっ』『ようこそぼくのおともだち』、絵本『赤い実かがやく』など著書多数。

姫野はやみ
ひめの・はやみ

1982年生まれ。早稲田大学卒業。調理師を経験の後、イラストレーターを志す。2011年、「装画を描くコンペティション vol.11」（ギャラリーハウスマヤ主催）グランプリ受賞。2012年、「第9回千修イラストレーションコンテスト」ソトコト賞受賞。2013年よりフリーランスのイラストレーターとして活動開始。

ヤマネコとウミネコ

2016年5月初版
2020年5月第4刷発行

作者　野中 柊
画家　姫野はやみ
発行者　内田克幸
編集　岸井美恵子
発行所　株式会社理論社
〒101-0062 東京都千代田区神田駿河台2-5
電話 営業03-6264-8890 編集03-6264-8891
URL https://www.rironsha.com

デザイン　アルビレオ
組版　アジュール
印刷・製本　中央精版印刷

ISBN978-4-652-20154-1 NDC913 A5変型判 21cm 119p